老鼠記者 Geronimo Stilton

謝利連摩·史提頓
Geronimo Stilton

新雅文化事業有限公司
www.sunya.com.hk

《鼠民公報》
辦公室
賴皮
（謝利連摩的表弟）
班哲文
（謝利連摩的姪兒）

GERONIMO STILTON
謝利連摩・史提頓
菲
(謝利連摩的妹妹)

老鼠記者 4

我為鼠狂

TUTTA COLPA DI UN CAFFÈ CON PANNA

作　　者：Geronimo Stilton　謝利連摩・史提頓
主　　編：嚴吳嬋霞
譯稿審訂：嚴吳嬋霞
譯　　者：梁施韻
責任編輯：梁施韻
中文版封面設計：陳雅琳
中文版內文設計：李成宇
封面繪圖：Andrea Da Rold, Christian Aliprandi（修訂）
插圖繪畫：Larry Keys, Umberto Fizialetti
內文設計：Merenguita Gingermouse, Topea Sha Sha
出　　版：新雅文化事業有限公司
香港英皇道499號北角工業大廈18樓
電話：（852）2138 7998
傳真：（852）2597 4003
網址：http://www.sunya.com.hk
電郵：marketing@sunya.com.hk
發　　行：香港聯合書刊物流有限公司
香港新界大埔汀麗路36號中華商務印刷大廈3字樓
電話：（852）2150 2100　傳真：（852）2407 3062
電郵：info@suplogistics.com.hk
印　　刷：C & C Offset Printing Co., Ltd.
香港新界大埔汀麗路36號
版　　次：二〇〇三年七月初版
二〇一八年一月第九次印刷

http://www.geronimostilton.com
Based on an original idea by Elisabetta Dami.
Art Director: Iacopo Bruno
Cover by Andrea Da Rold and Christian Aliprandi
Graphic Designer: Lara Dal Maso / theWorldofDOT (Adapted by Sun Ya Publications (HK) Ltd.)
Illustrations of initial and end auxiliary pages: Roberto Ronchi, Ennio Bufi MAD5, Studio Parlapà and Andrea Cavallini | Map: Andrea Da Rold and Andrea Cavallini
Story illustrations: Larry Keys, Umberto Fizialetti
Graphics: Merenguita Gingermouse, Topea Sha Sha

ISBN: 978-962-08-3779-1

18/F, North Point Industrial Building, 499 King's Road, Hong Kong
Published and printed in Hong Kong.

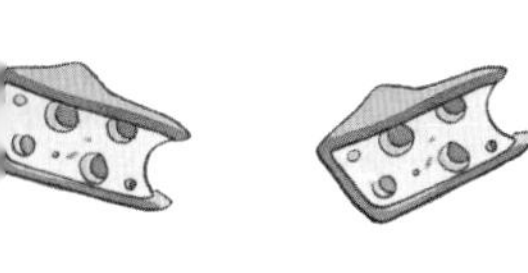

目錄

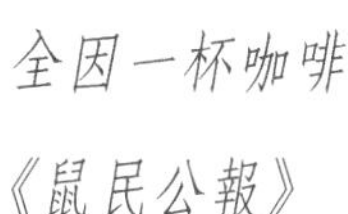

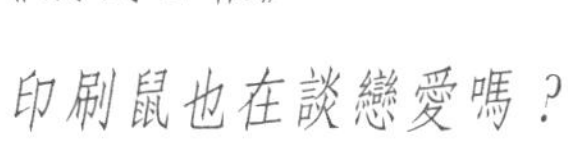

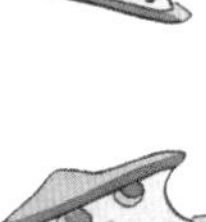
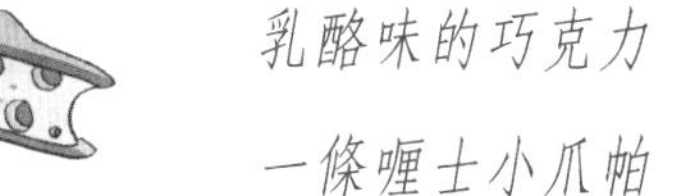

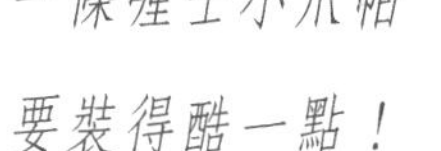

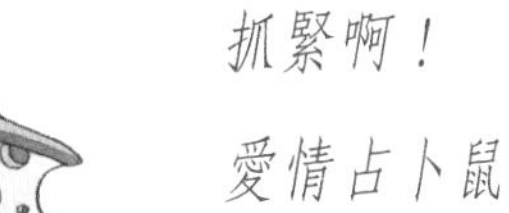

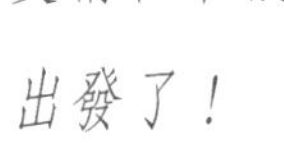

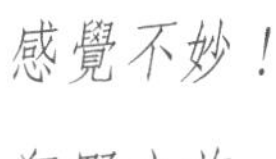

全因一杯咖啡 7

《鼠民公報》 12

印刷鼠也在談戀愛嗎？ 18

三十六打紅玫瑰 24

乳酪味的巧克力 27

一條喱士小爪帕 31

要裝得酷一點！ 36

沒精打采的日子 38

抓緊啊！ 42

愛情占卜鼠 44

出發了！ 53

感覺不妙！ 57

狂野之旅 61

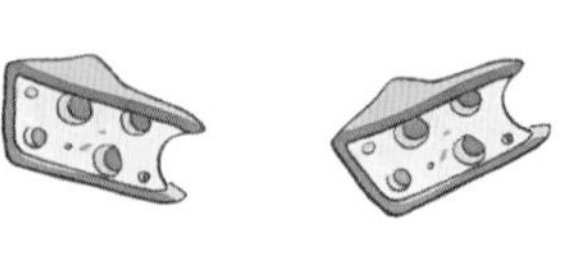

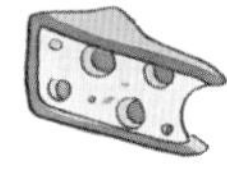

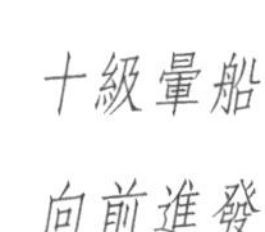

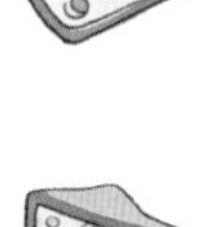

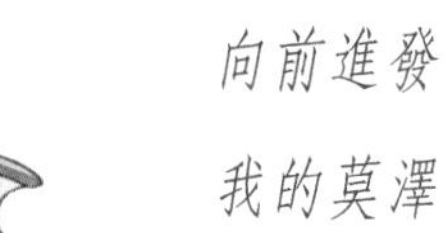
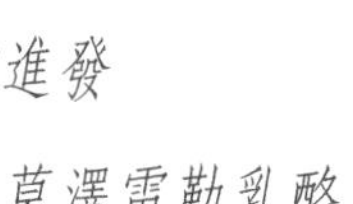

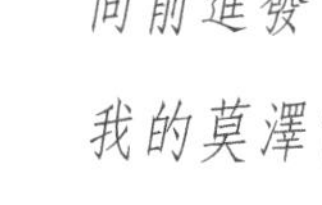
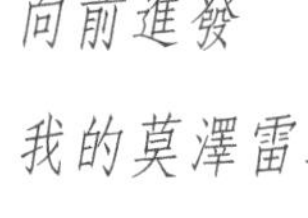
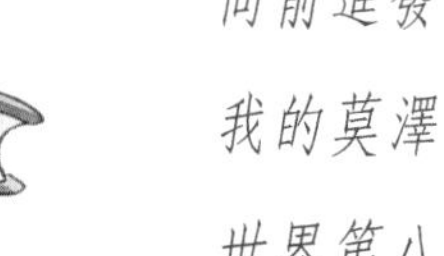
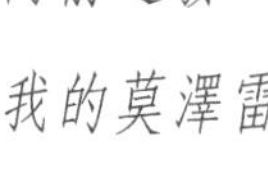

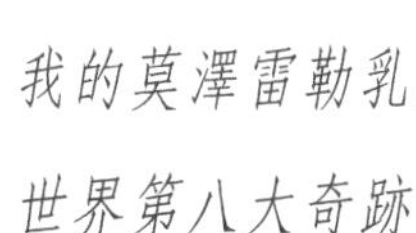

十級暈船 64

向前進發 69

我的莫澤雷勒乳酪 73

世界第八大奇跡 75

連鬍子都看不見！ 77

太黑了！我好怕 80

再見，美麗的蝴蝶！ 83

百隻、千隻、萬隻、百萬隻蝴蝶 87

你是在開玩笑吧？ 94

請排隊！ 100

說不就是——不！ 106

喂！親愛的啫喱仔 110

驚喜！驚喜！ 113

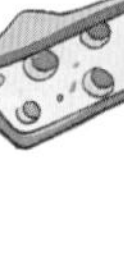
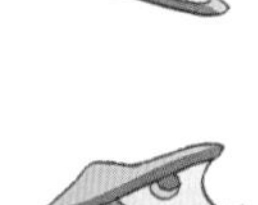

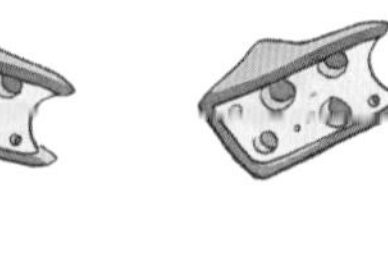

全因一杯咖啡

一杯咖啡？以下故事和一杯咖啡有什麼關係呢？

那是大有關係，我敢保證！且讓我從頭說起吧。

那天早上，我(像往常一樣)在咖啡店吃早餐，當我開懷地咀嚼着美味的乳酪牛角包時……突然有一個傢伙把一杯咖啡全灑了在我的衣袖上！我**氣壞**了，轉頭一看……倒給嚇得下巴也掉了下來。

一位漂亮迷死老鼠的小姐看看她手中的**空**杯子，再看看我的衣袖，她半垂着那雙打動老鼠的**紫色**大眼睛，小聲地說：

「噢，瞧我多不小心……」

我好不容易才把口水嚥下，結結巴巴地說：「呀……啊……」，我的舌頭就像打了個結似的。

「嗯，我，**史提頓**，**是名字**。我是說我**謝利連摩**，是**史提頓**。我的意思是我叫**謝利連摩·史提頓**！」

我想向她鞠躬，但卻給地上的咖啡滑倒了，最後，我一隻手爪插進了雨傘架，另一隻手爪卻觸到了熱燙燙的烤麪包爐，我的尾巴也纏進了***風扇葉***裏。我搖搖晃晃地想站起來，可又再一次滑倒了，我可憐的鼻子重重地撞在櫃枱上，上面的兩瓶超級辣味他巴斯哥*辣醬，「啪」地倒了下來，正好插進我的鼻孔，發出了似下水道被堵住的聲音。

我掙扎着，卻發現自己已被兩隻高大的鼠侍應抓着。我想拚命掙脫，混亂間，我們的鬍

他巴斯哥（Tabasco）：一種紅色辣醬。

子都纏在一起了！「你在做什麼？快住手！」一隻鼠侍應大叫着，他的聲音刺耳極了。他用力「嗖」地一聲把我扔到路軌旁。此時，一輛**17號電車**正朝着我這邊駛來！

我這才發現我的尾巴被夾在電車軌裏了。

眼看電車正快速駛過來……

「**糟了**——！」我絕望地大喊。

街角花店的老闆向我跑過來，「別怕，史提頓先生！」他喊道，「我有一個絕頂好主意！就是用這把大剪刀剪斷你的尾巴！『**咔嚓**！』就是這樣子！」他高興地提議說，並舉着那鋒利的工具逐步逼近我的尾巴。

我嚇得臉色發白，高聲尖叫着：「快住手！我寧可讓電車從我身上輾過去……」

果然，17號電車就在我的頭後面把我撞倒了。

我的尾巴被夾在電車軌裏了

《鼠民公報》

我搖搖晃晃地爬起來，一副傻癡癡的笑容掛在臉上。啊，我太高興了，我真是太高興了，從來沒有這麼高興過……我總算知道什麼是**真愛**了！

我像夢遊似的到了報社。噢，忘了告訴各位，是嗎？我經營一份日報，叫做《**鼠民公報**》。

我剛打開門，我的妹妹菲向着我跑過來，一副**氣沖沖**的樣子。「**謝利連摩**！你跑到哪兒去了？會議已經開始了！」

「呃，開會？開什麼會？」我心不在焉地嘀咕着。

她向我湊近一看，說：「你出了什麼事？幹嗎把兩個瓶子插在鼻孔裏？外衣的左邊袖子上是什麼污跡？你看起來像發生意外似的，不會是和電車撞上了吧？」

「是的，是這樣的……」我含糊不清地念叨着，「真是太美妙了……」

我走進了辦公室，我的妹妹緊跟在後面問：「那麼，我們要印多少份報紙？」

「十一……不，十二……不，十三打玫瑰花。」我夢遊似的喃喃說着。「那當然是要紅色的……」

「什麼？」菲瞪着我，以為我神經出了問題，「你胡說八道什麼？這和玫瑰花有什麼關係？」她對着我的耳朵大喊：「醒來吧！」

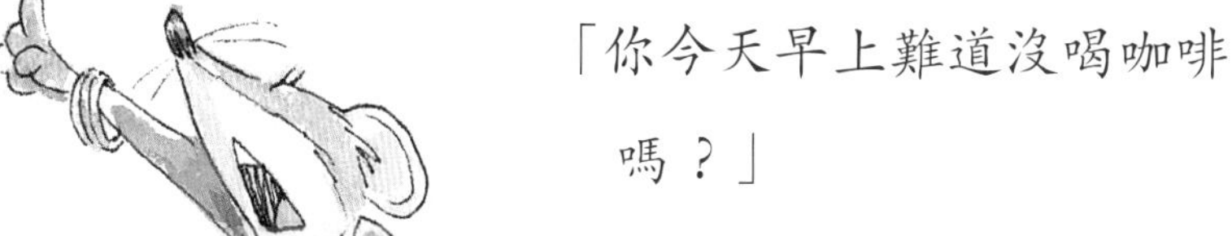

「你今天早上難道沒喝咖啡嗎？」

「咖啡，對了，咖啡。」我茫然地說：「一切事情都全因一杯咖啡……」

菲沈思了一會兒，問：「你不是在談戀愛吧？」

「愛情，對啊，愛情……」我一邊咕噥地説着，一邊把支票簿當作雛菊一樣翻着。

「她愛我……她不愛我……她愛我……她不愛我……她不愛我？」我手爪裏拿着最後一張支票，不禁驚叫起來，十分擔心。

菲厭惡地看着滿地的支票，她一下子奪過

我把支票簿當作雛菊一樣翻着

我手中的支票簿，用最大的聲音對我喊：「夠了！免得你不知道——這是報社，是**工作的地方！！！**」

「是的，當然……」我**夢遊**似的低聲說。

「在工作的地方……那就請你……**工作**……」菲一把抓住我的衣領。「嘿，***你是管理這家報社的***，你還記得嗎？？？」

「我記掛的只有**愛情**……咖啡……紫色的大眼睛……」我一邊說一邊開始翻着另外一本支票簿。

就在這時，有老鼠敲門。

印刷鼠也在談戀愛嗎？

我的助手鼠莎娜推着裝有輪子的巨大日記簿快步走進來。「史提頓先生！你得打電話給印刷鼠！」

「印刷鼠也在談戀愛嗎？」我夢遊似的低聲問道。

鼠莎娜翻開用**重甸甸的鋼鐵**造的日記簿封面，「讓我看一看……印刷鼠的電話號碼是……不，我還是自己打電話給他吧。」她堅決地說。這時候，一身**古銅色皮毛**的繪圖師瑪蘭吉蒂和設計師當尼跳着探戈舞進來。

當尼——男人，我的意思是男鼠，他的毛

髮散亂，一副沒精打采的樣子，他嘰哩咕嚕地說：「史提頓先生，我們等了你三個多小時了，後來瑪蘭吉蒂強迫我，是的，的確是**強迫**我和她一起跳探戈舞。我倒覺得這不是很恰當的行為……」

「那你嘴裏銜着的玫瑰花是怎麼回事？難道這叫恰當的行為嗎？」我反駁他說。

菲搖了搖頭，高聲說：「真丟臉！你到處閒逛，完全不管這公司，老鼠們就在唱歌、跳舞、開派對……我現在就把你綑綁在辦公桌前，你要留到黃昏，最好留到深夜……」

一隻打扮高貴優雅，身穿看來頗**名貴**的開士米*套裙的老鼠女士走過來，她拍了拍我的肩膀說：「嗨，啫喱！」

*開士米：英文是cashmere，也譯作茄士咩，是克什米爾出產的細羊毛。

「你是誰？你想怎樣？」我正在日記簿上胡亂畫着一顆又一顆心形圖案，心不在焉地說。

「我是誰？你認不出我來嗎？我就是忌廉・開士米，你的總編輯啊！我在這裏已經工作了二十年！」她既擔心又有點受辱地吱吱叫着。

我抬頭看着她，「那又怎樣呢？哦，當然……是的，你看起來很面熟……」然後，我歎口氣說，「她和你一樣也穿着名貴的衣服……呀……我想如果她也穿上開士米的服裝……多柔軟……多好看

啊……」

我的同事們都驚呆了，我聽見他們在小聲議論着：「糟了……**吱吱**……唔，對，糟了……呃，這次真的相當嚴重……」

突然，我注意到報紙頭版上的一張照片。

「就是她！就是她！」我大喊起來。我的眼睛被淚水濛得看不清了，我讀着照片下面的說明文字：「*寶芙蓮達·格魯耶爾，卡門伯特·洛克福伯爵的女兒，也是著名的布利·盧布羅康伯爵的外甥女——年輕的寶芙蓮達女伯爵昨天抵達本城，下榻法式乳酪酒店，將於本周六參加大使館的餐舞會。*」

我深情地吻着報上的照片。「寶芙蓮達！噢！寶芙蓮達！」我喃喃自語。

我的妹妹菲搖着頭說：「謝利連摩，你真是**沒救**了！你是絕對的**無藥可救**了！」

三十六打紅玫瑰

我立刻跑到花店訂了三十六打（很長的）長莖紅玫瑰。好大的一束花！我聽見花店老闆叫了一輛小貨車去送花。

還有一張送花者的小卡片要我**填寫**，我寫了很多張都不滿意：「來自老鼠紳士的問候……最尊崇的敬意……熱情的擁抱……真摯的親吻……之類？不，還是寫上『您的老鼠致意』比較好……」

我寫了很多張都不滿意

「你到底寫好了沒有？」花店老闆生氣地瞪着我說，「你把我的卡片全都**用完了！**」他氣鼓鼓地指着我手爪上的一堆卡片。

「你為什麼不乾脆簽上你的名字呢？」他滿有智慧地說。

「我……我的名字？」我沒聽懂。

「對，就是你的簽名！我想你總知道自己的名字吧，難道這也成問題嗎？」他很不耐煩地說。

然後我聽到他小聲地嘀咕說：「真是**沒救了，無藥可救**的了！」

我興奮地在卡片上簽了名，然後把卡片插在那繫着這超級巨大的紅玫瑰花束的鮮紅色絲帶結下面。

謝利連摩·史提頓

乳酪味的巧克力

我整晚緊貼在電話旁邊，希望她會打電話來說聲謝謝。我不停地（說起來真有點不好意思）拿起 電話聽筒．電話聽筒．電話聽筒 檢查一下，生怕電話出了什麼毛病，可都是白費心機的。

第二天，我跑到糖果店買了一盒乳酪味的巧克力，是那種裏面共有七層的豪華盒裝！

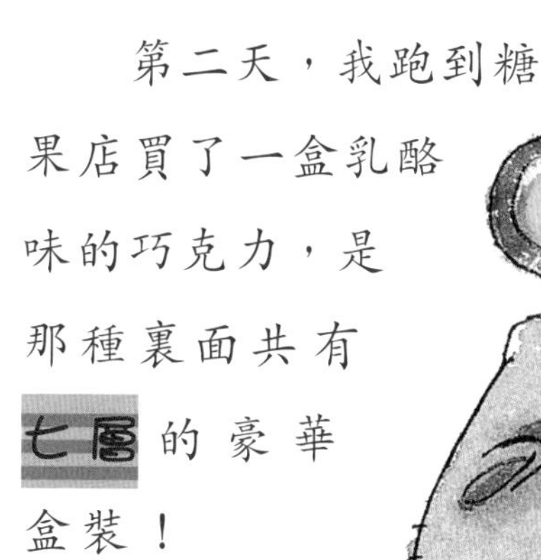

我的表弟賴皮一下子跑了過來

我正要付錢時，卻剛好碰到了表弟賴皮。他從來不知道什麼叫「謹慎行事」的，一看見我就一下子跑了過來。「你給誰買巧克力呀？」他一邊問，一邊**迅速地**抓起一塊葛更佐拉乳酪*味道的巧克力，一口就吞了下去。

「等一下！」我急忙大叫，但是已經太遲了，賴皮已經在狂翻那盒巧克力。

「多棒啊！這裏面一共有幾層？五、六、七層？」他大叫着，我卻氣得快要哭了。

「你怎麼能這樣？瞧這盒巧克力都被你弄成**一團糟**了！要知道這是一份禮物啊！」我抗議說。

「這倒提醒了我，你記得下個月就是我的**生日**嗎？你可以把這盒巧克力送給

*葛更佐拉（Gorgonzola）乳酪：以意大利米蘭市郊的葛更佐拉村命名的上等乳酪。

我，我會很感激你的！」他咕嚕地說，嘴裏已塞滿了巧克力，但仍抓起幾顆，往嘴裏

。

我只好歎着氣對女店員說：「請你再給我一盒，要密封好的！」

賴皮跟我說聲謝謝，嘴裏仍塞滿巧克力。「謝利連摩，你真是**慷慨大方極了**……」他用手肘猛地捅了捅我的肋骨說，「菲說你找到一位新的甜心了，怎麼樣？想聽聽我的忠告嗎？要**裝得酷一點**，不要對她表現得太在乎呢……」

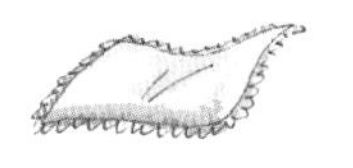

一條喱士小爪帕

又是整整一個晚上，我守在電話旁，希望她會打電話來。還是老樣子，我每五分鐘便拿起聽筒檢查一下電話，看它有沒有出問題。可她還是**沒有**打電話來，她還是**沒有**打電話來……她還是**沒有**打電話來！

我絕望了！

那天晚上，我跑到她住的那家酒店大堂前守候。我不好意思在大門口等，所以就躲在角落處，偷偷地看着進進出出的老鼠們。

突然，

有誰把爪子搭在我

的肩膀上。「啊！」我嚇得

跳起來。轉頭一看，原來是我最疼

愛的小姪兒班哲文。「謝利連摩叔叔！你

在這裏幹什麼？」

就在這時候，我看見*她*出來了。「噓，別說話！小姪兒。」我壓低了聲音，從角落處偷窺着，表面上卻裝出一副若無其事的樣子。*她*往我這邊看了一眼，但似乎沒注意到我。接着，她好像掉了什麼東西……

原來是一條喱士小爪帕，它散發着玫瑰花的香味，上面還繡着她名字的縮寫字母——P.G.。我趕緊追上她，結結巴巴地說：「請……請等一下，我是咖啡店裏那個……我的意思是說……給您送玫瑰花，嗯，還有巧克力的老鼠是我，史提頓。謝利連摩・史提頓。」她睜大那雙紫色的大眼睛，低叫起來：「噢！」

我把小爪帕遞給她，想向她鞠躬行禮，可我再一次滑倒了。這一次我摔倒在花圃裏一台割草機的下面，那可惡的機器不由分說就開始割我的毛，我趕緊掙扎着爬起來，才發現自己正好對着一台大軋路機。幸好那巨大的滾筒及時**剎住**，在我的腳趾頭前停住了！

「**嘩呀**——！」我不禁大叫起來。

這時，一輛跑車停在酒店前，一隻穿着***晚禮服***的老鼠跳下了車，**他**跑上台階，親吻那隻***我愛的***手爪。「*寶芙蓮達*，他們都在使館裏等着您呢！」他彬彬有禮地說。

接着，他們消失在夜色中了。

要裝得酷一點！

第二天早上，我拖着疲倦的身軀回到辦公室，並盡量令自己忙碌一點。

菲立刻知道發生什麼事了。「如果你問我意見，我會勸你要裝得酷一點的……」

我隨處畫上一顆又一顆破碎的心，並嚎啕大哭起來。

「史提頓先生！」鼠莎娜一手把合同和發票掃開，尖叫道，「你把所有文件都弄濕了！」

就在這時，賴皮進來了，他用批判的眼光盯着我。

「我早就告訴你要裝得酷一點了……

瞧！你多像正在下沈的『鐵達尼號』啊，無論如何，她不是你喜歡的那類型。」然後他偷笑說：「我懷疑你喜歡的類型是否還存在呢？」

此時，門開了，班哲文捧着一疊準備分發的報紙走進來。

「叔叔，你早就應該用另一種策略處理這件事情，要**裝得酷一點**嘛！」

「夠了！」我歇斯底里地大聲喊道，「不要再告訴我要**裝得酷一點**了！」接着我伏在辦公桌上，把尖尖的鼻子埋在爪子間，放聲大哭起來，要哭乾一隻老鼠所有的**眼淚**。

沒精打采的日子

傍晚時分，我疲憊地拖着沈重的腳步回到了家。我徐徐地爬向電視機前的鼠背靠椅，心情壞透了。我決定取來一盒紙巾放在手爪旁邊，因為我知道我會用得着它的。正當我沒精打采地胡亂調着電視頻道時，門鈴響了。「是誰呀？」我嘀咕着。

為什麼不可以讓我安靜地受苦呢？門鈴還在響個不停，好像不肯罷休似的。我只好磨磨蹭蹭地去開門了。

「嗨！謝利連摩！」菲、賴皮和班哲文齊聲叫道。

「哦，是你們呀……」我嘟噥着說。

賴皮動作迅速地把手爪擱在門內，免得我把門關上。「老表，我們是來**讓你開心一點**的！畢竟我們也是親戚一場嘛，對嗎？」他笑着說。

「是嗎？」我不以為然地回答說。

菲插嘴說：「來吧，我親愛的哥哥，你看來就像你的**貓**剛死了！我們帶來了一個驚喜，保證你會開心……」

她把刊登在《**老鼠日報**》——我們的競爭

對手——的一篇文章在我面前攤開來，上面寫着：「**世界第八大奇跡**」。

賴皮大聲地念道：

「*最近在妙鼠城圖書館發現了一份十九世紀的手稿，據說是著名的老鼠探險家鼠士東博士撰寫的報告，記述了他們探險隊在蝴蝶島尋找神祕的乳酪大峽谷的經過，乳酪大峽谷在古代的文獻裏被稱為世界第八大奇跡。很多老鼠，包括偉大的鼠士東博士都沒法找到這個神祕峽谷的入口……*」

我搖晃晃地坐回自己的鼠背靠椅上，沒精打采地問：「那又怎麼樣？」

賴皮向我投以同情的目光，說：「你難道不明白嗎？我們將要成為首隊成功找尋那個神祕峽谷的老鼠了！我們將會成名啦！」

我癱坐在椅子裏，沮喪地說：「不，多謝你們的好意。我現在一點也不感興趣。如果事情不是這樣子的話，我會很高興和你們一起去的，我是說不會給你們很大的阻力。但現在是我的黑暗時期……」

我的沮喪讓他們很掃興，他們只好垂頭喪氣地離開了。

抓緊啊！

這天，菲興沖沖地走進我的辦公室，隨手把門關上，故作**神祕**地對我說：「我有辦法幫你解決難題啦！你相信我嗎？」儘管我非常沮喪，卻依然回答說：「不相信！」

她不高興地「哼」了一聲，說：「失敗者沒有選擇權。你必須跟我一起走！」

「那你至少得告訴我往哪兒去！」我說。

菲撅着嘴，交叉着手爪說：「現在還不能告訴你——這可是個絕頂機密！」說着我們離開了辦公室。

我很不情願地坐上了菲的摩托車。我有沒有說過，我的妹妹對摩托車是很熱愛的？不，應該說是很沈迷。

她興奮地問：「準備好了嗎？**抓緊啊，出發**！」我聽見菲加足馬力，便趕緊閉上眼睛，因為我對快速是極其害怕呢！

當我確定已經到達目的地了，才敢睜開眼睛。我發現處身在一條又黑又臭的小巷子，菲把我推進一扇小門裏，說：「爬樓梯上去吧。這裏沒有電梯，爬到十樓便是了……我在這兒等你！」說完，她忍不住別過身去偷偷地笑起來。

愛情占卜鼠

我上氣不接下氣地終於爬到了第十層，也不知道是因為爬樓梯的緣故，還是因為一種說不出的興奮感覺……我的心「怦怦怦」地跳得很厲害。

門牌上刻着幾個字：愛情占卜鼠，這下子我可明白了，我妹妹帶我來見一個占卜家……一個術士……一個巫師！

我根本不信這些玩意兒，我才不想聽什麼法術呢！我正想轉身離開，突然那扇門開了一條小縫，我看見屋子裏到處是**塵土**，房間裏瀰漫着薰香和其他古怪的香味。

「進來吧！」一個微弱的聲音説道，「我一直在等你——」真奇怪，不知怎的，我可以發誓這個聲音有點耳熟。

那個聲音繼續低沈地説：「我看到一個名字的縮寫，是一個P，另一個是G吧……是繡在……一塊喱士的……小爪帕上嗎？應該是……一塊帶着玫瑰花香味的小爪帕……」

我呆呆地站着，瞥見房間的一角，有一個穿着長裙的古怪身影。

她披着一條披肩，上面繡着這樣一句話：

女術士用水晶球來預測

「*神祕的事物我盡知。*」一條褪色的大紅絲巾包住了她的頭，我連她的鼻子都看不到，因為我一走近，她就立刻用手爪遮住鼠鼻。

她坐在一張鋪着繡花絲絨椅套的扶手椅上，擺手示意我坐下。她做了一個魔術師慣常做的手勢，露出了一個**水晶球**。接着，她點起一根薰香，在我鼻子下晃來晃去，弄得我一連打了好幾個噴嚏。她用滴着蜜糖的聲音對我說：「啊，英俊的鼠先生，你是為了心中有事到這兒來的，對嗎？我的專業是……」

我環顧四周，心裏想着：「我真是愚蠢極了！竟然容許自己給帶到這種鬼地方來！」於是我站起來又想走，可那個女術士低聲地說：「我看到了玫瑰花……很多的玫瑰花……一整車的……還有巧克力……這麼多巧克力……乳酪味的巧克力……味道好極了……哇，有七層呢！」

我身上的血好像**冰**一般凝住了：難道這個女術士真有這麼大的魔力？只見女術士笑嘻嘻地看着我，很滿意她的話已觸動了我，便接着說：「玫瑰花還不夠，巧克力也不夠。你得再繼續努力打動這位貴族小姐……」

「啊，貴族小姐？」我愣了一下，仍然覺得這個女術士**真的非常**眼熟，可就是想不起來。

「哦，我是說這位可愛的老鼠小姐……」她馬上修正她的話。

她用手爪撫摸着水晶球繼續說：「我看見……我看見了**一顆破碎的心**……但是，還是有辦法贏取她的芳心的！」

我的心因為有了一線希望而「怦怦」地跳

得更快了。

「你願意做一切事情，讓她投入你的懷抱嗎？」

「我願意！我願意！我願意為她做任何事，為她做所有事！」

女術士捲了捲鬍子，狡猾地笑着說：「如果這樣的話，你得做一件很特別的事，一件不可能的事，嘻……嘻……一樁其他老鼠想也想不到的創舉，你一定要一舉成名，這樣她一定會被你吸引住的！」

我給弄得有點糊塗了：「一個創舉？可我只是一隻普通的老鼠……我是經營報紙的……卻不是探險家……」

女術士搖了搖頭，說：「我從水晶球裏看到曾經有別的老鼠向你提過一些很好的建議，不過，我不知道是誰，這裏看得不清楚，但水晶球告訴我他們是可信賴的。」她一邊用油膩的鼠爪帕擦着水晶球一邊說，「正如我說的，有幾隻聰明的老鼠邀請你一起去探險！嗯，你們定會成功的！」接着，她問：「**為什麼**？你**為什麼**不去呢？」她提高聲調一連問了好幾遍。「**為什麼**？告訴我**為什麼**？**為什麼**不跟他們一起去？」

我支支吾吾地說：「呃，是的。這麼說，你覺得我應該去嗎？」

「真笨！那當然啦，假如是我，一定會去的。」她用尖尖的聲音十分肯定地說，「現在就回家收拾行李準備出發，否則就太遲了，快去吧！」

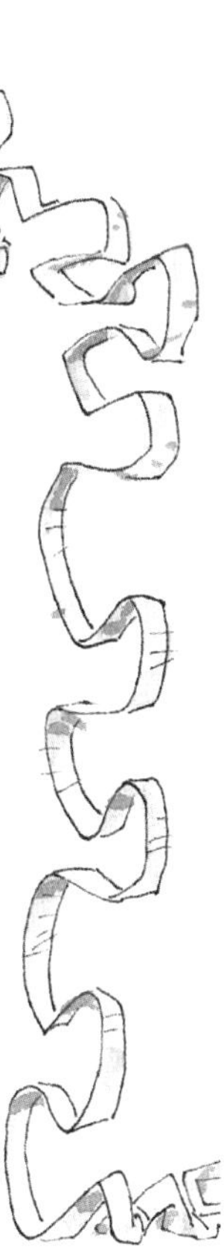

我心裏有點拿不定主意，正要動身離開。

「你覺得真的有用嗎？」我還是不大肯定。「那當然了，你應該相信愛情占卜鼠的……」女術士傻傻地笑着說，看起來很高興似的。然後又補充說：「多謝你3000大元，親愛的！」

「什……什麼？3000什麼？」我結結巴巴地說。

她笑笑說：「按每秒計算，一共是3000元！如果你想要發票，可要另外收費的。不過因為我喜歡你，所以給你打一點兒折扣吧，總數是2995元！」

我只好糊裏糊塗地取出錢包，把鈔票放在桌子上。女術士伸出圓渾的手爪，立刻把錢收起來，我看到她的尾指戴着一枚巨大的紅寶石戒指。

我向門口走去，剛走到樓梯口，又聽見她叫道：「**還有最重要的，就是要裝得酷一點啊！**」

「這句話我在哪裏聽過呢？」我來不及細想，一隻手爪已搭在我的肩膀上：原來是菲。

她笑嘻嘻地問：「怎麼樣？」

「你說得對，她什麼都知道，嗯，她還告訴我……要我和你們一起去……」

菲裝出一副十分驚訝的樣子：「噢，真的？真的嗎？那多有意思啊……」我坐上了她的摩托車，「就這樣決定吧，我們十分鐘後出發！」菲說。

出發了！

我們到達機場了（因為菲不讓我回家收拾行李，生怕我又臨時改變主意。）班哲文已經在那兒等着我們。幾分鐘後，賴皮也氣喘吁吁地趕來了。「嘻……嘻……，你們不會丟下我的，對嗎？」他笑嘻嘻地說。

菲正在和飛機技工說話，「嘿！快把我的飛機調過來——就是飛機庫後排有很多花兒的那一架！你給它加過油了嗎？什麼？還沒有！拜託，快一點！」

我有點緊張地問：「嗯？不會是由你來開飛機吧，是嗎？」

菲自辯說：「你信不過我嗎？只因為我是女的嗎？」她繼續說：「別忘了，去年我得過全島花式飛行比賽的冠軍呢！」說完，她不停地向機場的朋友們揮手示意，「嗨！戴田鼠、降傘機！你們好嗎？」

「看來你認識的老鼠真不少！」我小聲地說。

「當然了，我在這裏有很多崇拜者呢……」菲整理一下她的白色飛行絲巾，得意地向我眨着眼說。

她的話還沒說完，一隻穿着全套降落傘衣裝的老鼠大聲叫道：「菲！真的是你！你……你願意和我一起跳傘嗎？」

菲咯咯地笑着，不停地眨着她那睫毛長長的大眼睛，半垂着眼說：「謝謝你，親愛的，不過今天可不行，改天吧……」

那隻跳傘老鼠狠狠地看了我一眼，把我當成是菲的未婚夫了。正當我們要起飛時，菲湊近對我說：「怎麼樣？這下可讓他們難受啦……」

此時，一隻手爪撫摸着我的肩膀，有一個聲音在我耳邊輕柔地說：「謝利連摩，是我……寶芙蓮達！」我的心一下子亂跳起來，緊張地回過頭：只見賴皮熱情地向我吻着，弄得我差點兒**窒息**了！

「嘻……嘻嘻……」賴皮笑個不停，「謝利表哥，你真的被她深深迷倒了，是嗎？你真易受騙呢！」

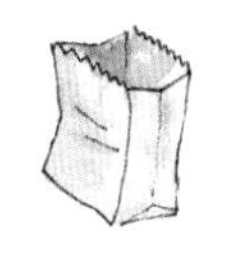

感覺不妙！

「粉紫夢幻號，現在準備起飛……」菲對着無線耳機喊道。飛機輪子徐徐地離開了地面，飛機像一頭咕嚕叫着的貓兒在晃動着，隨即向北飛去了。

我的爪子緊緊地**抓住**座椅，因為我實在太害怕了。

賴皮滿有疑慮地問：「菲，你拿到飛行證到底有多久了？兩天，三天，還是一個禮拜？你真的會表演花式嗎？」

菲覺得這話有損她飛機師的尊嚴了，便尖聲叫道：「你說什麼！」她抓起操縱桿使勁一拉，飛機一個俯衝，在空中翻起**筋斗**來。

賴皮大聲喊道：「就這些？沒**別的花樣了**嗎？」

我嚇得直發抖，連忙說：「夠了！我求求你們！」

「雲中筋斗，轉圈，尾部旋轉……」菲就像表演似的把花式技術一一演示出來。

「我……有點兒不舒服……」我模模糊糊地說。

「嘿，別弄髒我的飛機！」菲指着嘔吐袋說，「想吐就在這兒解決！」

可是坐在後面的賴皮還在狂妄地說：「哈！就這些嗎？我也會

啊，想看一看嗎？你要看嗎？」

「**不——！夠了！！**」我從嘔吐袋裏探出頭來央求說。

「好吧，就讓你們見識見識我的絕技：死亡大轉體！」菲興奮地叫道。

頓時，飛機在空中忽高忽低地拋彈着！我敢以祖父鬈曲的鬍子發誓，那動作最少重複了七次！我狂叫：「**救——命——啊**！！！」

「**太——棒——了**——！」菲也大叫起來。總算出盡風頭了，她這才把飛機重新擺平。

我聽見賴皮嘴裏念叨着：「真厲害！」我回頭一看，見他臉色蒼白——這倒是我最後聽到和看到的，接着我便昏了過去。

他們拿着一塊發臭的乳酪在我的鼻子下面

晃來晃去，使我甦醒過來。我迷迷糊糊地說：「我……我命令你們，不……不許再這樣做……」

「好的，我不會再表演了……我們馬上就要到了。」菲笑着對我說。

「快到了？真的？」我有點不敢相信。

不一會兒，菲果然以大師級的筆觸乾淨俐落地把飛機降落在跑道上。

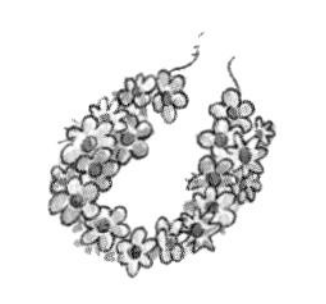

狂野之旅

我們剛下飛機，一位穿着比堅尼泳裝的可愛鼠小姐熱情地迎上來，將一個個美麗的花環套上我們的脖子。「歡迎來到鮮花羣島。」她吟唱地說，帶着島上甜甜的口音。

機場外停着一輛吉普車，車身上印着「**狂野之旅**」四個大字。我突然有一種不安的感覺：這輛車不會是給我們用的吧？

「不，我才不上這部車呢！我得休息一會兒……」我懇求地對他們說。可根本沒等我說完，菲和賴皮就一邊一個把我拖上了車。菲坐在軚盤前，一隻手爪發動引擎，一隻腳爪踏油門，吉普車便呼嘯地向前 **狂奔而去** 。

這旅程好像永遠不會完結似的。

不知開了多久，「嘎」的一個急剎車之後，吉普車終於停住了。我用盡最後一點力氣，好不容易從車裏爬了出來。我赫然發現，我們正身處港口。接着，菲跳上了一艘**鉛筆**似的尖頭快艇，並招手喊我跟上去。

我兩腳一軟，大聲喊道：「我不上船！就是不上船！」

突然，賴皮揑了一把我的尾巴，大聲叫道：「謝利連摩，快看！飛來一塊乳酪！」

就趁我分散了注意力時，賴皮猛地一下把我推進船裏，菲馬上迅速地解開鐵錨，快艇立刻「噠噠噠」地駛離開了碼頭。

「**救命啊**！這是『乘鼠之危』呢！」我害怕地大叫起來，心中有一種不祥的感覺，連忙問，「誰……誰來開船？」

「當然是我啦！」菲繫好安全帶，大叫道，「現在向蝴蝶島進發！小兄弟，我保證你會有一個難忘的旅程。」

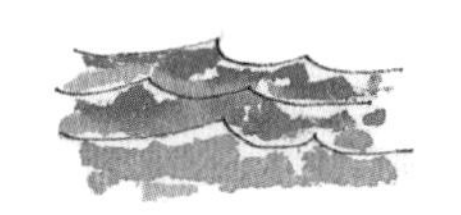

十級暈船

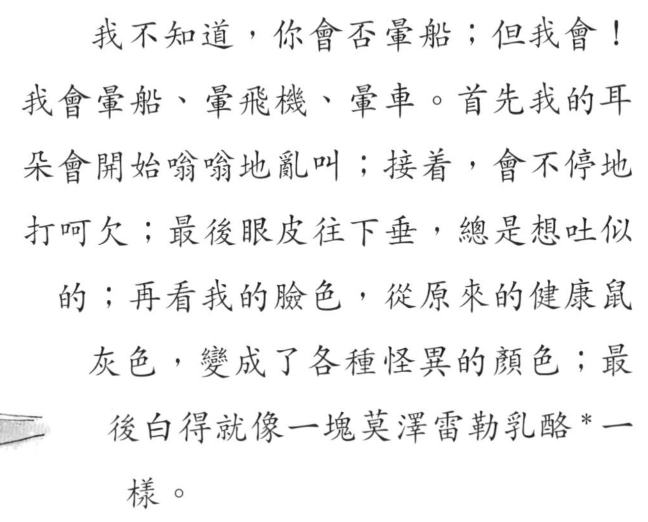

1.在港口時

2.在碼頭上

我不知道，你會否暈船；但我會！我會暈船、暈飛機、暈車。首先我的耳朵會開始嗡嗡地亂叫；接着，會不停地打呵欠；最後眼皮往下垂，總是想吐似的；再看我的臉色，從原來的健康鼠灰色，變成了各種怪異的顏色；最後白得就像一塊莫澤雷勒乳酪*一樣。

當我們抵達蝴蝶島時，我已經動彈不得了，他們只好把我抬下了船。

3.上船的一刻

4.在甲板上

5.離開港口時

*莫澤雷勒（Mozzarella）乳酪：一種意大利淡味乳酪，常用於烹飪中。

我大聲喊着說：「我再也不坐飛機、船和汽車了……」

菲故作天真地看着我說：「誰說要你坐這些了？」

「你是說……不用再坐飛機了？」

「**不用！**」

「不用坐船了？」

「**不用！**」

「也不用坐汽車了？或者其他的交通工具……」我急切地一再追問。

「**不用！**……」

「嗯，也不用坐火車了

10.狂風暴雨時

9.巨浪翻騰時

8.波浪起伏不定時

6.在海中

7.泛起小波浪時

嗎？」我又問。

「**火車**？天啦，你的想像力可真夠豐富的！」我聽到菲這樣說，終於舒了一口氣。

「那真是太好了。我好像不太信任你，真的不好意思呢……」我連忙向菲道歉。

「噢，沒關係，沒關係，我可以理解的！」菲寬宏大量地說。

「那麼……」我雀躍地說，「現在我們做什麼？我們該走哪條路？有名的乳酪大峽谷在哪兒？」

「嗯，就在那兒吧……」她含含糊糊地回答。我還是不大相信她，就把地圖攤開來。

映入眼簾攝住我的是一個形狀好像一隻張開翅膀的大蝴蝶的島嶼。那麼，之前我從翻滾的飛機往下看見的那個島嶼，真的是蝴蝶形的啊！

那島嶼是蝴蝶形的啊！

我觀察一下四周，發現這裏的植物長得**非常茂盛，縱橫交錯地生長着，互相糾結在一起，**那清純的綠色非常搶眼。

我突然有一種不大對勁的感覺，可是卻說不清是什麼。過了一會兒，我明白過來了，這裏看不見一隻老鼠，似乎是一個荒島；這裏沒有昆蟲嗡嗡叫，也沒有鳥兒喳喳叫。這個小島太安靜了，靜得有點不尋常，使我心緒不寧。我感到一陣寒慄穿透我的尾巴：他們到底把我帶到哪兒去了？

向前進發

賴皮忙着翻閱一大堆地圖和圖表，看起來一副很專業的樣子。他任命自己擔任我們這支探險小隊的隊長。他鄭重地說：「**跟着我走吧！**」於是，我們開始徒步前進，我們走了一個小時，兩個小時，三個小時……

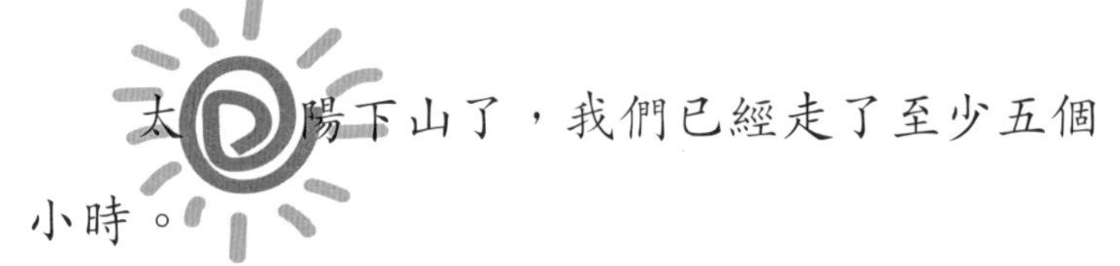

太陽下山了，我們已經走了至少五個小時。

黑夜已經降臨。我**央求**他們停下來歇一會兒，但賴皮說，馬上就要到了，不能停。

我的腳爪起了好幾個大水泡，身上的背包就好像成**噸**重的乳酪那麼沈重。

天色已經很晚了，我心裏有種不祥的預感。於是我**加快腳步**趕上我的表弟：「賴皮，你肯定你走的方向沒錯嗎？」

「那當然！一直往前走，繼續走！」他高聲回答說。

我想了一會兒又問：「我知道向前走，可是我們到底往哪兒去？」

「向前進！一直往前走！向前走就是向前走，懂了嗎？」他不耐煩地說，好像答案是很明顯似的。

我終於忍不住歇斯底里地大叫起來：「你不等於白說了嗎？我想知道的是，我們現在在什麼位置？到底要去哪兒？！」

菲這時靜默如鼠，不發出一點聲音，專注地聽着我們說話，並等待着賴皮的回答。

表弟揮了一下手爪，然後用一種含糊的聲音說：「這個……實際上，我是說……我們大概是在森林的中央，你們沒看見我們四周都是樹嗎？還有大海，嗯，沙灘……也就是海岸，就在我們的身後，如果我們繼續向前走，沿着這條路或是別的路走，遲早我們會到達的，不是嗎？」

不是嗎？

我的妹妹大喊起來：「**什麼**？**什麼**？原來，你根本不知道我們現在在哪兒！」他們兩個扭在一起打起來了。

我的莫澤雷勒乳酪

我們決定在一塊岩石旁邊搭起帳篷過夜。

我真的累壞了，當營火熄滅，我便**倒頭呼呼大睡**起來。我夢見自己半跪在寶芙蓮達面前：「我親愛的莫澤雷勒乳酪，我愛你愛到發瘋了！」

寶芙蓮達微笑着說：「噢！謝利連摩，你真是一隻出色的老鼠！我從來沒遇到過像你這樣的老鼠……」她說話的樣子是多麼嫵媚啊！

「寶芙蓮達，我的最愛，你願意嫁給我嗎？」她甜絲絲地笑了。

正當她要回答的時候，哎呀，我突然給弄醒了，是誰在用力地搖着我的胳膊？「誰呀？

別吵我！」我生氣地嘀咕着。原來是班哲文，他連忙把手爪放在嘴巴前，小聲地說：「**噓**——叔叔，快起來，跟着我來看，不要吵醒他們！」

世界第八大奇跡

班哲文拉着我走出帳篷，指着一隻一時飛向東、一時飛向西的小蝴蝶給我看。我湊近細看：這是一隻長着黃色翅膀的蝴蝶，牠的翅膀上**有洞**，樣子就像一塊純正的乳酪！

「看，班哲文！這是一隻很特別的蝴蝶！我從來沒有見過這樣的蝴蝶！」我興奮地說，「也許牠是從神祕峽谷裏飛出來的，就是乳酪大峽谷呀！」

「噓——」班哲文又示意我不要作聲。

只見那隻小蝴蝶在我們面前繞着圈飛來飛去，好像在邀請我們跟牠一起到哪兒去似的。

蝴蝶一下子不見了。我們正猜想牠往哪兒

去了。可是過了幾分鐘，牠又出現了，這回我看清楚了：牠是從一塊石頭的縫隙裏鑽出來的。牠在我們頭頂飛呀飛，飛了一會兒又鑽進了石縫裏。我們好奇極了，決心跟着這隻小蝴蝶。

連鬍子都看不見！

小路一直通到了大石頭縫隙的深處，我們被重重的黑暗緊裹着，這是一種使人不安、隱隱然帶着不祥的黑暗，黑得像一堵厚厚的牆，你可以拿把大刀把它劈開。寂靜的空氣如糖漿般瀰漫着整個山洞，只有水滴下來的聲音在回盪。

我們所說的每一個字都被山洞的回聲重複幾遍。

「叔叔，你在哪兒？」

「我在這兒，就在你前面！」我盡量壓低聲音說。

「姪兒，抓住我的尾巴，千萬別走散了！這裏黑得連自己的鬍子也看不見……」我嘟囔着說。

蝴蝶的翅膀在黑暗中閃閃發亮呢！

突然，我發現黑暗中有兩隻黃色的眼睛在盯着我們！

「吱——吱——！」我嚇得大叫。

山洞裏全是我的回音，更讓我怕得全身血管的血都凝固了。

班哲文低聲安慰我說：「別怕，叔叔。這不是眼睛，是蝴蝶的翅膀……」我湊近一看，他說得對！那蝴蝶搧動的翅膀在黑暗中發亮，像一種鬼火的磷光！我們發現，這隻蝴蝶的翅膀正越變越小，原來牠飛遠了。

我們像風一樣跟在後面追趕，不管牠要飛到哪裏去，我們都要跟着牠，因為總比像傻瓜一樣呆在這黑得連鬍子都看不見的山洞裏好呀。可是，牠會把我們帶到哪兒去呢？

太黑了！我好怕

我們只知道前面的路越來越窄，越來越窄，最後窄得就像一小片薄薄的乳酪……在路的盡頭有一個小小的**洞**，蝴蝶一下子飛了進去，**不見了**。我嘗試跟着進去，可這個洞太小了，那是任何一隻成年老鼠都不可能鑽進去的。就這樣我差點給卡在洞口出不來了。幸好班哲文拉住我的尾巴，使勁地把我拽了出來。

「要不，你來試試……」我喪氣地對班哲文說。

他彎下腰試了試說：「好吧，我想我剛好可以鑽進去。就讓我去吧，叔叔，我回來會告訴你我看到什麼的！」

我突然想起來了，「我以一千個莫澤雷勒乳酪洞發誓，我沒帶照相機！」班哲文神氣地笑着說：「可是我帶了！叔叔，你看！」這下我才放心地舒了一口氣，心想：不愧為我的姪兒——真是一隻聰明能幹的小老鼠！

班哲文小心地爬進了洞口，小聲地對我說：「別擔心，叔叔！我會沒事的！」

我只好坐下來等候。

糟糕的是——我把手錶留在帳篷裏沒帶出來啊！連現在是幾點鐘都不知道。我等了好幾分鐘，但感覺就像等了好幾個小時那麼久。我不敢往回走，可也不能忍受再等下去了！於是我不時站起來往洞裏窺看，並不停地叫：

班哲文！班哲文！！！
班哲文！班哲文！！！
班哲文！班哲文！！！
班哲文！班哲文！！！

喊完之後，我又自言自語地說個沒完：「我可不想自己一個呆在這兒呀！因為……因為太黑了，我……好怕！」

再見，美麗的蝴蝶！

不知過了多久，我終於聽見洞裏傳來一陣「沙沙」的響聲，是班哲文回來了！他很快爬出洞，**摸黑**站到我的旁邊。我疼愛地一把摟住了他：「噢，我親愛的孩子，我多擔心你啊！嗯，還有我自己也……」

班哲文興奮極了，他忘形地又蹦又跳：「叔叔，叔叔！你真不能想像我看到了什麼！是第八大奇跡！神祕的乳酪大峽谷！真是太美了！太棒了！太神奇了！**你不能和我一起進去，真是太可惜了**……」

我聽呆了，感動得連手爪都在顫抖。「我以一千個莫澤雷勒乳酪洞發誓！我真為你感到驕傲！現在我總算明白為什麼沒有一隻老鼠能找到這個神祕的峽谷……只有像你這麼小的一隻小老鼠才能鑽進這麼窄的洞裏！沒有你，我們就不可能找到第八大奇跡了！快告訴我，你拍照了嗎？呃？」我急切地問。

「那當然！親愛的叔叔，你放心吧。我學過怎樣拍照的！」班哲文得意揚揚地說。他把紅色帽子戴上，然後朝着那個小小的洞口揮一揮手爪，高興地說：「再見，美麗的蝴蝶，謝謝你！我看不見你，但我希望你能聽見我的話！」

我們向着出口處走去。突然，山洞開始劇烈地**震動**起來，石壁正搖搖欲墜地隆隆作響，我們給劇震拋跌在地上。「是山崩！快，快跑，否則我們會被埋在這裏的！」我大聲叫道。

此時，大石如下雨般從高處滾下，其中一塊**巨大的**石頭從頂上砸下，剛好堵住了那個通到乳酪大峽谷的洞口；緊接着，又有一塊大石頭從天而降，落到了離我們很近的地方，班哲文來不及閃避，被石頭撞倒了，便暈了過去。

我馬上抱起他，把他放在自己的肩上，然後使出全身力氣向洞口跑去。剛剛跑出山洞，一堆巨石從高處滾下來，把洞口給堵住了！

「呵——好險！真是千鈞一鬚子！」我心裏暗自慶幸。

過了好一會兒，班哲文終於睜開眼睛了。「叔叔，謝利連摩叔叔，謝謝你救了我……你真是個了不起的英雄！」

「這沒什麼大不了啊……」我滿不在乎地說，「你快告訴我有關乳酪大峽谷的事吧，我真是好奇極了！」

「別急，叔叔！等我們回到帳篷裏再告訴你，菲姑姑和賴皮叔叔一定很擔心我們呢！」

擔心什麼的！等我們回到營地時，我們**親愛的**親戚仍睡得正香甜呢！

「起來！起來吧！」班哲文和我一起大聲叫道。可是叫了半天，還是沒有反應。

「我發現了第八大奇跡！」班哲文對着他倆的耳朵大叫一聲。

登時兩個貪睡鬼便快如閃電般**醒**了。

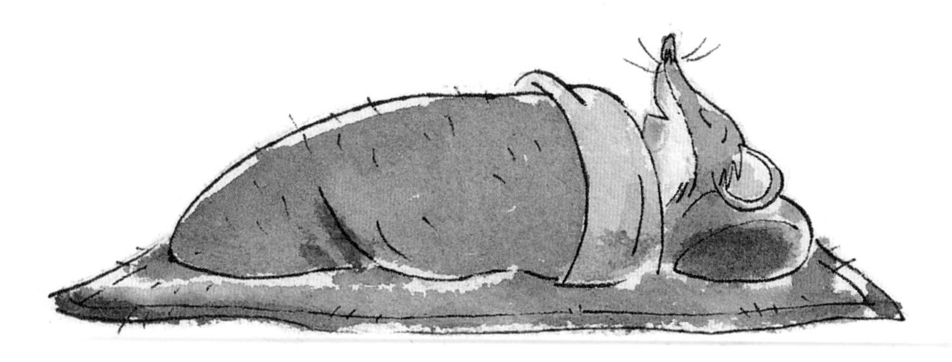

百隻、千隻、萬隻、百萬隻蝴蝶

班哲文開始向我們細述他的經歷：「乳酪大峽谷真的存在呀！我鑽進了那個小小的洞口以後，就跟着小蝴蝶一直走，走到了盡頭，鑽出來一看：原來我跑到了山頂！然後，我看到一大片強烈的黃光，眼前就是神祕的乳酪大峽谷了！它完完全全、實實在在地在我面前出現了。整個峽谷，從樹枝到石頭的表面，到處都停滿了黃色的蝴蝶，看起來就好像一塊超級巨型的黃乳酪……

幾百隻、幾千隻、幾百萬隻蝴蝶一起飛了起來。

牠們搧動翅膀時，把空氣搧成了一陣微風吹過來，讓我聞到了一股濃濃的、無法抗拒的乳酪

幾百隻、幾千隻、幾百萬隻蝴蝶一起飛了起來

香味……我深深地被感動了，連鼠尾巴也不停地打轉。那真是一幅奇景啊！

多有趣啊！我還用照相機的自拍功能給我自己拍了一張照片呢！本來我還想爬進峽谷去看看的，但那裏的石頭太陡峭了，根本爬不進去，所以我就從上面往下拍了很多張照片，這要留待你們慢慢欣賞了，我保證那照片是最一流的……」

菲激動地說：「這些定會讓我們出名的！我要寫一篇前所未有的好文章……那會使我賺好多好多錢呢！」

賴皮對班哲文說：「好了，現在就告訴我這個地方在哪兒，讓我們一起去。我要抓幾隻可愛的蝴蝶回來！」他的眼裏閃着光，我一看

就知道他又有歪念了，他繼續說：「我們可把十二隻，或更多的蝴蝶穿上**針線**……」

我覺得恐怖極了，馬上截住他說：「賴皮！你在說什麼？」

賴皮用一把悅耳的聲音說：「我腦海裏浮現着美麗的相框呢！純金造的，底部都有一張小卡片，上面寫着每隻蝴蝶的名字……」

「你休想！」我威嚇他說，「我們再也回不

去了。我們是在一片漆黑中被一隻小蝴蝶帶到那個地方的，現在我們根本找不到去的路了。再說，我們出來的時候那裏發生了山崩，進去乳酪大峽谷的洞口已經永遠被堵住了……」

菲接着說：「說得對，謝利連摩！這些照片足以證明我們發現了乳酪大峽谷了！**這將會是多麼棒的一則獨家新聞呀！**」說着，她從班哲文手裏拿過照相機和膠卷，小心地把它們裝進一個塑料的防水袋裏，然後用膠條封好。「只有這寶貴的膠卷才能證明我們發現了第八大奇跡！」

還沒說完，賴皮一把就把袋子搶了過去，「讓我替你拿吧！現在，我們可以回去了！」

我們踏上了漫長又疲憊的回家之路。

我們把來時坐過的交通工具又重新坐了一遍(快艇、吉普車、飛機等等）。在過程中，只有一樣東西能讓我咬着牙堅持着的，那就是我的**甜心**寶芙蓮達的倩影。噢，美麗的寶芙蓮達……完成這創舉後，她就不能再拒絕我了。

「對呀，我回到妙鼠城就會成為大英雄了！等到我上電視接受訪問時，她定會崇拜死我的！」我高興地想。

膠卷被放進防水袋內

你是在開玩笑吧？

我們一下飛機，馬上抓緊時間趕到了辦公室，準備最新一期的報紙。菲忙着打電話：「喂……噢，**親愛的**，正如我告訴你的……我已經把文章寫好了，就在我的磁碟裏……當然，當然……還有很多照片……棒極啦……今晚你會在電視上看到關於《**鼠民公報**》提供的獨家報道的。當然，那就是著名的乳酪大峽谷，許許多多的黃色蝴蝶，翅膀有洞，就好像一塊塊乳酪……是的，我哥哥是一個大英雄。他……嘻嘻……當然……

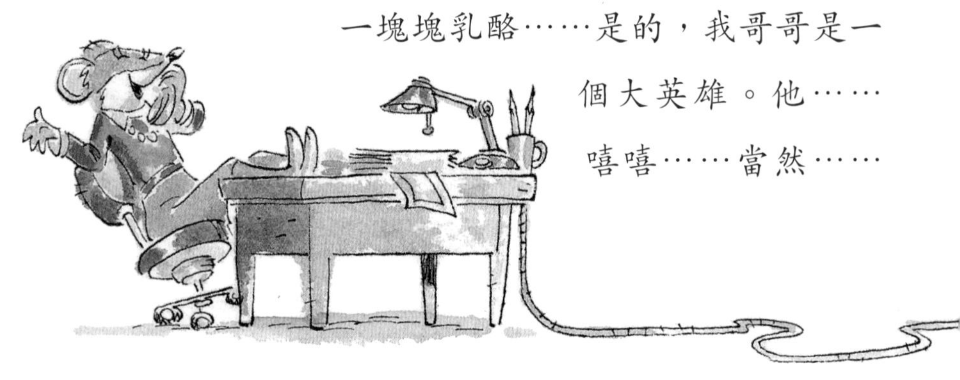

所有的東西都在我的辦公室，就在我的表弟賴皮那兒……」菲一邊説一邊對着賴皮打眼色，臉上一副勝利的表情。

可這時，我卻發現賴皮的臉色發白。他伸出一隻顫抖的手爪，把椅子拉到身邊，啪嗒地坐下來，擦着額頭上冒出的汗珠。

到底怎麼回事？菲掛斷了電話，向賴皮伸出一隻手爪：「快，賴皮，把那個裝膠卷的袋子給我！」

賴皮擠出一個顫抖的**笑容**，説：「嗯，……這個……我想……可能……呃，它不在我這……」

菲頓時瞪大了眼睛，急得連鬍子都在發抖。

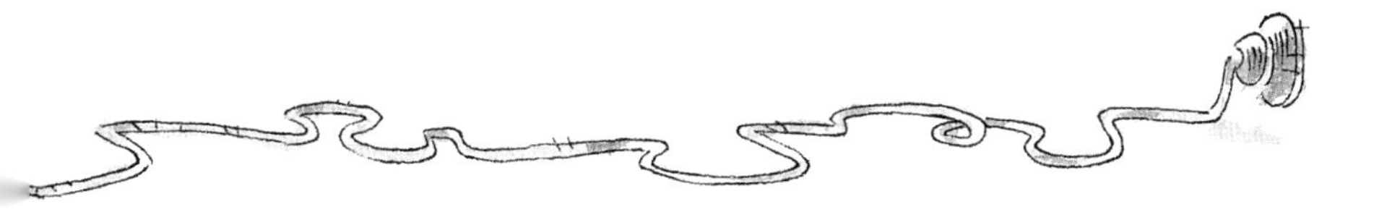

什麼？你是在開玩笑吧？

賴皮努力擠出另一個微弱的笑容：「呃，我想我是把它丟在哪兒了，誰知道？也許在帳篷裏，也許在沙灘上……噢，不，也許在快艇上，也可能被風捲走了，或者，或者在吉普車上……落在地坑裏，或是在飛機上呢……」

菲恨不得一把掐住賴皮的脖子，但賴皮早已敏捷地躲到書桌後面去了，菲當然不肯放過他，她像旋轉木馬似的追着賴皮，嘴裏還破口大罵：「你這隻劣種的溝渠老鼠！你這隻沒用的桶底鼠輩！你這鼠頭鼠眼的東西！我的鬍子都給你氣壞了。你破壞了我們的大事，我定要活捉你，把你釘在大大的大頭釘上！」

我盡力讓他們安靜下來，就連忙說：「冷

靜點……事情沒那麼糟的，我意思是，嗯，也許很糟吧？」

聽我這麼一說，菲停下來不追賴皮了，反過來**揮着**拳頭向我走來。

她咬牙切齒地說：「你說沒那麼糟嗎？那拿什麼來證明我們發現了乳酪大峽谷，嗯？」

這時，班哲文大聲叫道：「等一下！姑姑！」他揭起了頭上的紅色帽子。

一隻黃色的小蝴蝶從他的帽子下面飛了出來，輕輕地停在他的肩膀上。「一定是在山洞的時候，牠偷偷地藏在我的帽子下面，可能是那裏太黑了，我沒注意到。我想牠大概是喜歡我，才會跟着我的。是不是很漂亮呢？就給牠起個名字，叫小乳酪吧！」

小蝴蝶圍着班哲文飛着……飛着……

然後，牠又停在了班哲文的肩膀上。

我看牠看得入神了，低聲說：「這種新品種蝴蝶就叫班哲文蝶吧！」

菲尖叫起來，說：「這就是我們發現乳酪大峽谷的最好證明了！現在沒有照片也沒關係了！」

請排隊！

「哈囉！請問您是謝利連摩·史提頓先生嗎？就是那位國寶級**大英雄**……著名的出版商……對對對，那位發現第八大奇跡——小乳酪蝴蝶的老鼠嗎？」

我清了清喉嚨說：「是的，我是……我就是謝利連摩·史提頓……是的……事實上……」

「我能採訪您嗎？請您到我們**妙鼠電視台**今晚的晚間新聞節目接受訪問，好嗎？我們想聽聽您對所有事情的意見，比如莫澤雷勒乳酪的漲價事件、下一屆總統選舉您會投誰的票……請問您是屬於什麼星座的呢？您知道，我們的觀眾對大英雄的一切一切都想知道得清清楚楚的……還有一個問題，不知道是否方便問：請問，您結婚了嗎？有很多**女性觀眾**對未婚的英雄鼠都為之瘋狂的……您是很受她們歡迎的啊！」

我搖了搖頭，說：「我知道，我知道，有公司邀請我拍攝寫真集，可我都拒絕了……真的不好意思，請你排隊輪候與我做採訪吧！因為實在有很多記者都等着採訪我呢，我實在是太太太忙了。你相信嗎？我的記事簿上都排滿約會時間啦……一直排到復活節……是明年的復活節……」

隔壁房間裏，菲、賴皮和我一樣正忙着接聽電話。

這時，鼠莎娜跑進來説：「史提頓先生，電話都要垮掉了！總機也出毛病了！接線生已經不幹了！她根本沒辦法應付那麼多的電話！傳真紙也已經把整個房間都堆滿了！電子郵件多得把郵箱都撐垮啦！你知道嗎？他們還成立了一個**謝利連摩·史提頓網友會**的網站。上面載有你的一切資料……甚至包括你的生平事跡，好多都是他們虛構出來的，他們還説你小時候……」

剛説到這裏，外面忽然傳來一陣隆隆聲。鼠莎娜驚叫一聲，慌忙地説：「哎呀，不好了！那些崇拜你的女孩子們已經推倒了大門，我是説那守門的……她們馬上就要衝進辦公

我愛謝利連摩·史提

室！但別擔心，我會全力保護你的：瞧，我拿來了大水龍頭！」她堅決地說。我無可奈何地搔搔頭，往窗外一看。天上有一架飛機吊着一幅很大的橫額，寫着：

我愛謝利連摩·史提頓！！！

此時，賴皮走了進來。他向我擠着眼說：「嗨，謝利連摩！有一個小小的驚喜就在門後呢……嘻嘻……你總是很走運的！」

我**驚慌**地回答說：「別讓她進來！她大概是其中一個崇拜我的女孩子吧！」

賴皮狡猾地搔搔頭，說：「你錯了，她與

別的女孩子不同！來，快開門吧！那個女術士沒說錯呢！」

我疑惑地看着他：「呃？你怎麼會知道女術士的事？」

賴皮笑着說：

說不就是——不！

我開了門……撲鼻襲來的是一陣濃濃的玫瑰花香水味。

在接待室的一張椅子上，坐着一位穿着誘惑的紅色貼身裙的美麗小姐——是寶芙蓮達！她迎上前來，在我耳邊糖一般甜地說：「噢，我親愛的，謝利連摩，我等了這麼久，你才回來啊……謝謝，謝謝你的玫瑰花和巧克力！你對我真夠體貼……」

我呆住了，有點糊塗地說：「呃？玫瑰花？巧克力？啊，是的，我想起來了……」

她繼續用甜甜的聲音說：「我的英雄！你可告訴我你探險的事嗎？我想知道那探險之旅的所有細節呢！」

我喃喃地說：「哦，是這樣的，我們去了那兒，然後就回來了，沒什麼大不了的……」寶芙蓮達看我反應如此冷淡，不由尖聲叫了起來：「怎麼啦？謝利連摩！難道你不喜歡我了嗎？與我四目交投時，你的心不再亂跳個不停嗎？你的手爪也不冒汗了嗎？還有你的舌頭，不再打結了嗎？」

「要是你真的要我說出真相，我只好告訴你——沒有了！」我冷冰冰地回答說。

「你一點兒也不愛我嗎？」

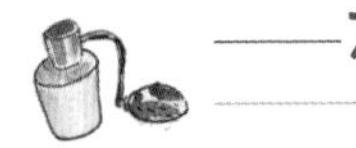

「是的，說**不**就是——**不**！」我堅決地說。

寶芙蓮達的臉變得發白，但她還不甘心，想使出最後一張牌。「今晚我要去市長家參加一個晚宴。我想找一隻如你般英明神武的老鼠陪我去，你願意嗎？」她央求說。

我還是裝出一副很酷的樣子說：「不用了，謝謝！我對你這個想法不大有興趣，我寧願留在家裏看電視呢……」

她想盡辦法**懇求**我陪她一起去，但我真的不在乎。

想知道為什麼嗎？那我告訴你吧。這就是愛情，愛情是不公平的，就是這樣子了。愛情來無影，去無蹤，一切都很突然……人生就是這個樣子！

我真的不在乎！

喂！親愛的啫喱仔

晚上我回到家，大大地鬆了一口氣。「**終於可以獨自靜一靜了！**」我把電話插頭拔掉——因為一家無聊的報社把我家的電話號碼刊登了出來，使那些崇拜我的女鼠不斷地打電話來騷擾我。

我痛痛快快地洗了個泡泡浴，然後從冰箱裏找來一塊乳酪蛋糕，大口大口地吃着。當我剛要坐在那軟綿綿的鼠背靠椅時，我的手提電話**響起來**了！

「會是誰呢？只有一些和我很熟的老鼠才知道我的手提電話號碼呀！」

「喂，誰呀？」我不耐煩地問。

「親愛的啫喱仔，是我。最愛你的妹妹菲！」

「小寶貝，有什麼事呀？」

「親愛的啫喱仔，快來我這兒！你會來的，對嗎？我等着你啊！再見！」

「喂！等等！我不想出去！」我連忙叫道。但是太遲了，她已經掛上電話了。

我只好不情願地拖着疲倦的身軀走到樓下，來到菲的家（她的住所和我家相隔一條街）。我剛到門口就聽到了一陣奇怪的聲音：尖叫聲、興奮的笑聲……緊接着，有老鼠「噓」了一聲。屋裏頓時安靜了。

我小心地推開門往裏面看。「有老鼠在嗎？」我謹慎地問。

驚喜！驚喜！

38

突然，屋裏的燈全都亮了起來，只聽見菲大聲叫道：「他來了！他就是我的哥哥，謝利連摩・史提頓！」屋裏38隻女鼠全都同時尖叫起來：「謝利連摩・史提頓！哇——！」我幾乎要昏倒了。

我轉身想跑，可是菲一下子就抓住了我，「謝利連摩！」她用一種不可違抗的聲調衝着我叫道，「給我坐在這桌子的主家位！我的朋友們都想聽你說說探險的事！你一定要說得精彩些！」

「對！謝利連摩！快說吧！」

「親愛的，我們什麼都想知道！」

「啫喱仔，你比照片帥多了！」

「謝利連摩，我們好愛你啊！」

謝利連摩，你是

「對啊！你是我們的英雄！」

「你是多麼的傳奇啊！」

我們的甜心啊！

菲在一旁得意極了。她笑着説：「怎麼樣，這下你們滿意了吧！我答應過把他帶到這兒的，現在他就是你們的了……」

我一心想要往門口爬去，但菲拉住了我：「別着急，親愛的哥哥，你應該不會令我尷尬吧？快點，跟她們説一説你的故事吧！」

我都沒心情了，於是用力一甩，飛快地鑽進走廊盡頭的一個儲物室裏，把自己關在裏面。

「謝利連摩！出來！你快出來！這是命令！」菲急得高聲大叫，她的聲音夾雜在我的傾慕者的尖叫聲中。

我忍不住歎氣。

，

……

我鑽進儲物室裏，把自己關起來。

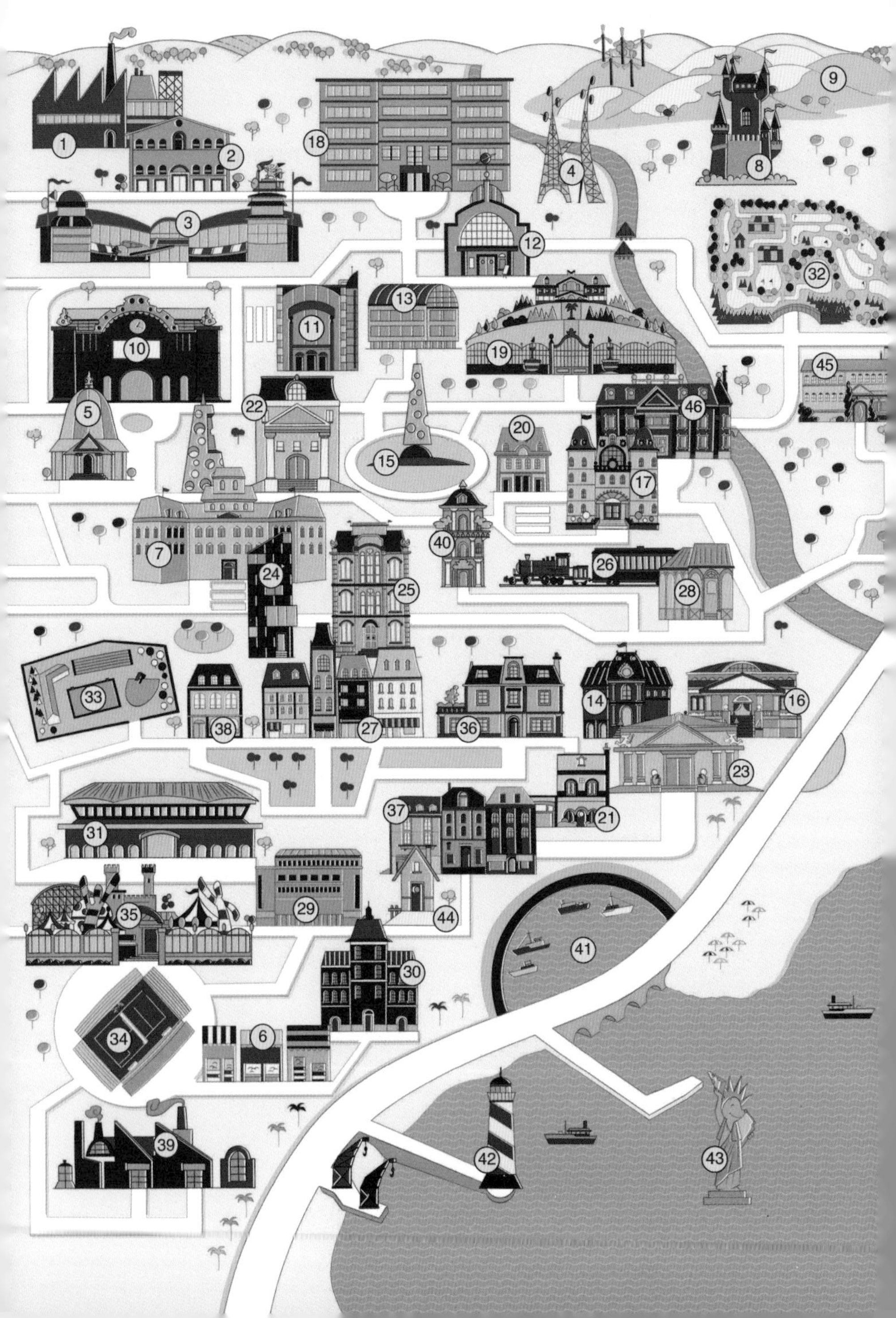
1
2
18
4
9
8
3
12
32
13
11
10
19
45
22
46
5
20
15
17
7
40
24
26
25
28
33
14
16
38
27
36
23
37
31
21
29
35
44
41
30
34
6
39
42
43

妙鼠城

1. 工業區
2. 乳酪工廠
3. 機場
4. 電視廣播塔
5. 乳酪市場
6. 魚市場
7. 市政廳
8. 古堡
9. 妙鼠岬
10. 火車站
11. 商業中心
12. 戲院
13. 健身中心
14. 音樂廳
15. 唱歌石廣場
16. 劇場
17. 大酒店
18. 醫院
19. 植物公園
20. 跛腳跳蚤雜貨店
21. 停車場
22. 現代藝術博物館
23. 大學
24. 《老鼠日報》大樓
25. 《鼠民公報》大樓
26. 賴皮的家
27. 時裝區
28. 餐館
29. 環境保護中心
30. 海事處
31. 圓形競技場
32. 高爾夫球場
33. 游泳池
34. 網球場
35. 遊樂場
36. 謝利連摩的家
37. 古玩區
38. 書店
39. 船塢
40. 菲的家
41. 避風塘
42. 燈塔
43. 自由鼠像
44. 史奎克的辦公室
45. 有機農場
46. 坦克鼠爺爺的家

親愛的鼠迷朋友，

下次再見！

謝利連摩・史提頓

Geronimo Stilton